KB076104

허공

# 허공

고은 시집

창비

# 차 례

## 제3부

제1부

# 추억 하나

사랑이든
사랑의 밑창
미움이든
그것 뛰어넘어서

너 거기 허공에 대고
총을 쏘아보았어?

나는 열일곱살 때 용케 살아남아
미 육군 이탈사병 오웰의 M1소총으로
허공
거기 대고
세 발
네 발 연발로 쏘아보았어

허공은 적이 아니더군

그 총알들 어디로 갔을까
오 킬로미터쯤
육 킬로미터쯤 갔을까
가는 동안의 직선이 포물선으로 바뀌어
끝내
검불 하나도 건드릴 힘 없이 툭 떨어질 때
거기가 내 저승일까 어디였을까


아직도 나 이승의 은산철벽(銀山鐵壁) 여기 줄곧 처박혀
있어

# 포르미아에서

내 사촌이었느니라
내 육촌이었느니라
죽은 왕고모와
산 고모였느니라
내 고향 가시내들 뒷동산이었느니라
할아버지 새벽 기침소리였느니라

어서 와
어서 와
내 외갓집이었느니라
외할머니 밥상에 쪼르르 모였느니라
사흘 나흘이 훌쩍 가버렸느니라

포르미아 앞바다는
내 아버지의 닻 올려 떠난 배
돌아오지 않는 바다였느니라

* 포르미아(Rormia)는 이탈리아 로마와 나폴리 사이의 도시.
  저자가 이 도시의 명예시민증을 받았다.

# 인도양

운다

이 멸망 같은 적도 인도양 복판을 벗어나며
지난 오십년을 운다

칠천 톤 참치배 뱃머리로 운다

엉엉 울음 끝
먼 마다가스카르 수평선을 본다

어느새
시뻘건 일몰
어서어서 앞과 뒤 캄캄하거라

# 꿈속에서

가도 가도 사막이더라
가다가
죽은
어느 누구의 해골바가지 한 개도 없을
맨 사막이더라

숫제 전갈지네 한놈도 안 보이더라

몇백년 뒤
내가 대낮 귀신으로 올
이 나라의 끝장 바로 거기더라

꿈속의 여기더라

# 유혹

깨쳐라 나는 내가 아니다 극도로 너도 네가 아니다

지금 진달래꽃이 나오려 한다
개나리꽃들도
과감하게 나오려 한다

이 흔해빠진 것들의 직전에 감사한다
아직 멸종되지 않은
박태기꽃도
좀 있다가 나오려 한다 박태기에게도 감사한다

온 마을 가득 암내가 진동한다

모든 개념분석들
모든 논리실증주의들
모든 경험론들
모든 좌우 도그마들

이 꽃들의 암내에 씨근벌떡 쓰러지거라

모든 관념들의 오랏줄 사슬 차꼬 성춘향의 큰칼 풀려나
뛰쳐나와라
뛰쳐나와
봄처녀 한사코 붙잡을
저 녀석으로 오라

때가 왔다 어서 오라

# 천년

오늘밤 없는 달 며칠 뒤 반드시 있으리라

썰물 개펄
글자 한 자 모르는 농게새끼
제 뾰족한 눈빛 접어
오는 밀물에 어여삐 잠기리라
천년 뒤에는 네 자손 대신
누구의 자손들이 느닷없이 태어나 이러하리라
네 역사 필멸이리라

# 응애응애

봄밤
구문리 공동묘지 몇몇 무덤들이 열리는구나
열려
저승이
이승으로 오는구나
저승과
저승 손님들 버선발로 맞이하거라
아무래도 이승의 것만으로는 안되겠구나

저승의 물 저승의 흙
저승의 꽃
저승의 열매
저승의 긴 겨울 목숨들 맞이하여
내일의 이승 허리 자지러지게 열어야겠구나

또한 이 밤 나 어서 죽어 갓난이로 다시 와야겠구나
응애응애 울어야겠구나

# 눈 내리는 날

소월 형
지용 형
당신네들 어렴풋이 알았을 거요
인류 맨 처음의 언어가
아아
였던 것

블레이크 형
횔덜린 형
당신네들 어렴풋이 알고 있었을 거요
인류 맨 마지막의 언어가
아아
이리라는 것

지금 내 머리 위에서
어미 아비 없는 푸른 하늘
어미 아비 없는

아아

아아

이 막무가내의 아아들이 나에게 펄펄 내려앉고 있소

저 하늘의 마지막 손수건인가보오

# 갯벌

있어야 할 그곳이 있다
거기 만경 갯벌에 가서
온몸에 에미 같은 애비 같은 개흙 문지르고 싶어라
삼척동자이고 싶어라
석양머리
불타는 수평선에 대고
옛 동무들 이름 하나하나
노래 쳐 부르고 싶어라
죽은 동무들
몇개
살아오는 듯 부르고 싶어라

상렬아
병석아
병만아
달모야 양식아
땅딸보 양식아

문태 동생 순태야
깍쟁이 영섭아
대식아

이제쯤 다 가버린 그 녀석들 제삿날 밤
그 이름 하나하나 부르고 싶어라

# 땅끝

해남 땅끝에 왔습니다
살아온 날들
잘못 살아온 날들도 함께 왔습니다

천근의 회한 내버리고
여기 술 먹은 밤 파도소리에 먼저 온 누구의 이승이 혼
자 떠 있습니다

# 나무에게

연사흘 그리도 흔들리던
뿌리째
흔들리던
그대

오늘은 바람 한점 모르고
꼭꼭 입 다물고 멈춰서 있어라

또 몇만 번
몇십만 번
머리 풀고 흔들리기 위해서
뚝 멈춰서 있어라

여기 숙연토록 세상의 억만 거짓 사절하노니

# 허공

누구 때려죽이고 싶거든 때려죽여 살점 뜯어먹고 싶
거든
그 징그러운 미움 다하여
한자락 구름이다가
자취없어진
거기
허공 하나 둘
보게
어느날 죽은 아기로 호젓하거든
또 어느날
남의 잔치에서 돌아오는 길
괜히 서럽거든
보게
뒤란에 가 소리 죽여 울던 어린시절의 누나
내내 그립거든
보게
저 지긋지긋한 시대의 거리 지나왔거든

보게
찬물 한모금 마시고 나서
보게
그대 오늘 막장떨이 장사 엔간히 손해보았거든
보게
백년 미만 도(道) 따위 통하지 말고
그냥 바라보게

거기 그 허공만한 데 어디 있을까보냐

# 에르푸르트에서

하늘이 에미니라
점례야
복순아
홍식아
맹식아
실비아 브레젤아
하늘이 네 에미니라

너 낳은 몸
너 기른 몸
너에게 말과 무언을 준 몸
저 끝 간 데 모를 푸른 하늘이
아득히
아득히
네 에미니라

그동안의 삼천년 잘못이었다

하늘은 네 아비가 아니라
네 에미니라

# 집

안에서
삽사리 꼬리 기쁨이 마중나왔다
안에서
내 마음이 마중나왔다

철모를 벗고
총을 내려놓았다
탄띠를 풀었다

황소가죽 워커를 벗고
왼발부터 양말을 벗었다
맨발 둘이 새싹인 듯 불쌍하게시리 나와 있다

아내의 사진을 바라보았다
울음이 이루어졌다

# 저녁

바이칼
드넓은 물 앞에서
아내의 이름을 부른다

간절하디간절한 이승 또는 저승 거기

# 허공에 쓴다

이로부터 내 어이없는 백지들 훨훨 날려보낸다
맨몸
맨넋으로 쓴다
허공에 쓴다

이로부터 내 문자들 버리고
허공에 소리친다
허공에 대고
설미쳐 날궂이한다

이로부터 내 속속들이 잡것들 다 묻는다
허공에 나가 춤춘다

오, 순수한 바깥이여

아버지라는 것
어머니라는 것

옛 옥황상제라는 것
그런 것들도
감히 그 이름이 되지 못한다
몇천년간 없어지지 않고 아직껏 떠도는
신이라는 것도
그 무엇도
그 무엇도
감히 그 이름이 되지 못한다


이로부터 집 없는 벌판 그 어드메 떠내려가서
내 가난의 울음 흐득흐득
허공에 뉘우친다


여기에 이르기까지 그 얼마나 헤매었던가
이제 여기에 이르러
허공의 고금(古今)에 고개 숙여 한줄을 쓴다 그 무엇을
쓴다

# 시스티나


자네 꼽추가 되도록
사랑해봤나?

꼽추가 되도록
타락해봤나?

나는 틀렸어

어린시절 생각나
생복숭아 비바람에 다 떨어진 날
새끼 열여섯 낳아
열하나 잃고
다섯 남은 여든살 할멈
열두번째 딸 죽은 날
꼽추할멈 울던 날 생각나

천정화 4년

꼽추가 되어버린 늙은 미켈란젤로

그 사람도 생각나

그 사람의 시스티나 천지창조 생각나


저 대웅전 32상(相) 80종호(種好) 부처 가고 꼽추부처

와야 해

# 혼자 술 마시다가

파리채로
파리를 쳤다

놓쳤다

잘했다 잘했다 아주 잘했다

# 춤

남방 크메르
앙코르톰 바이욘
여기 묵묵한 뱀 따리 패대기쳐 올라
덩실 허공의 춤으로
네가 춤추누나
북방 발해 상경용천부 누운 주춧돌 언저리
거기 한밤중 성긴 눈발의 춤으로
희끗희끗 네가 춤추누나
뭇 목숨 장삼이사들
살아 있는 동안 불렀던 허튼 노래 몇백 개 뒤
그런 봄날
나비로
혹은 내년에 질 잎새로
네가 춤추누나

비로소 누구의 마음 가만히 어디 계시누나

# 뜨락

오늘 참 많이도 잎새들 지누나
바람이 와
다 데려가누나

저리 가리라 춤추며 저리 가리라

남은 가지들 벌써 앙상앙상들 하누나
다 내어준
누나 갈빗대
누이 갈빗대 굵어 앙상앙상들 하누나

무릇 해탈이란 번뇌의 육친 아니랴

참 많이도 잎새들 지누나
바람이 와
남은 넋들 오리오리 데려가누나

저리 가리라 서러이 춤추며 저리 가 또 오지 않으리라

# 라싸에서


해발 사천 미터 턱밑입니다
티베트 라싸
창포강 물살이 사납게 달립니다
모자 벗어던지면
이내 보이지 않습니다
돌아서서
숨결을 반숨쯤으로 아낍니다


그 라싸 구시가 팔각(八角) 거리
한 바퀴 느린 물레로 돕니다
웬 거지들이 흥겹게 모여드는지
그 가운데 늙은 거지


다 쭈그러져
누런 이빨 두어 개 남은 것으로
이이이이 하고 웃어 보이다가
딱 한마디

한푼 줍쇼

따위가 아니라

어럽쇼

어럽쇼

그런 시시껄렁한 구걸이 아니라

어럽쇼

어럽쇼

당신께서 가장 높으십니다


이 한마디였습니다

거두절미하고

놀랐습니다 깜짝 놀랐습니다

내 어설픈 뜨내기 넋이

거기서 꽉 막혀

놀라 깨어나버렸습니다

어제도 오늘도 또 내일도
이런 구걸인사는 없겠습니다
이승의 어드메서도 이런 구걸은
애당초 없겠습니다

내가 온 곳
내가 갈 곳
저 사천 미터 아래의 우레 벼락 세상에서
누가 나더러
당신께서 가장 높으시다고
맨손으로 치켜세우겠습니까

여기에 이르니
택도 없는 이 존대를 받고 황은망극하여
어찌 한푼의 적선으로 답하겠습니까
그래서리
모택동 초상이 박힌 지폐 한장을

얼른 드리고 그곳을 떠나버렸습니다
생각건대 나 또한
거지 중의 상거지임에 틀림없습니다
시의 한구절을
시의 한구절과 한구절 사이의
빈 데를
그제도
그 이튿날에도 얻어보려고
안 나오는 젖 빨아대며
이 꼭지 저 꼭지 배고픈 아기 주둥이 파고들기를
마다하지 않았습니다

그러므로 이승의 어느 골짝
저승의 어느 기슭
아니
밑도 끝도 모르는 우주 무궁의
어느 가녘에 대고

한마디 말씀이여
한마디 말씀과 말씀 사이 지언이시여
애면글면 구걸해오기를
어언 오십년에 이르렀습니다

한마디 말씀의 귀신들이시여
당신께서 가장 높으십니다
이제 나도 이런 구걸의 경지
함부로 터득하고 싶습니다
다만 내 행복은 도둑이 아니라는 것
내 불행은 그 언제까지나
거지라는 것, 이것뿐입니다

당신께서 가장 높으십니다

# 안부

김삿갓 선생
금강산 구룡연에서
고산자 김정호 선생을 만나셨지요?
구룡연 물의 깊이를 재는데
거들어 도와주셨지요?

구룡연 밑 들병장수한테 내려가
두 나그네
마른 목 축이셨지요?

하나는 온 산천 두서없이 노래하고
하나는 온 국토 면면히 밝히고자
각각 다른 길 떠나셨지요?

다시는 만나지 않으셨지요?
그러다가 어느 달밤
귀 먹먹하셨지요?

지난날 구룡폭포 그 물소리에 먹먹하셨지요?

김삿갓 선생
어찌 김삿갓이 당신 하나뿐이었겠어요
그 세상에
수많은 김삿갓들 떠도셨지요

그 이후의 시인들
그대들 너무 과장이 많아
너무 어리광이 많아
이 시대 벽두 바윗장 같은 아픔 네발로 기어 청해보기를

# 최근의 시

밤 11시 5분이다 아니 11시 5분이 지났다
이 나라의 방마다 멜로드라마
빠른 광고와 광고 사이에
멜로드라마는 영원히 보장되어버렸다

강화도의 독자가
제 가족 4대의 사연들을
실컷 말한 뒤
마른 입을 다물었다

자네 입도 다물 때가 있네
앞산도 없이
대상도 없이
나도 입을 달싹거렸다

20세기말 이래
한국시는 이때다 하고 '나'로부터 시작했다

너도 나도
송곳같이 장도리같이
잔못 박아
그깃 없이는 하루 한나절 못살아


땅콩은 땅속에서 여물고
줄콩은 넝쿨 흔들리며 여문다


도대체 '나'란 누구인고?
어느 함정에 풍덩 빠진 속병 앓은 송장의 하관(下棺)인
고?

# 언어학

필리핀 루손 정글 속에는
망얀족이 산다
극소민족
망얀족이 산다

그들 문자는 밑에서 읽어올라간다

위에서 읽어내려가지 않고
밑에서 경건하게 눈 치켜올려 읽어올라간다

그 문자가 정글 속 아직 두런두런 남아 있다

제2차세계대전 당시
체코는
순 독일어 판이었다
체코어는
밑바닥에 남았다

제2차세계대전 뒤

체코는

러시아어가 판쳤다

90년대 이래

체코는

영어가 판치고 있다

체코어는

여전히 가까스로 밑바닥에 남아 있다


1910년 이전

한국은

한자 판이었다

오직 천년 당송팔대가였다

1910년 이후

한국은

일본어가 판쳤다

조선어는 쌍놈들이 썼다

조선 언문은 쌍년들이 썼다

1945년 뒤
1950년 뒤
한국에는
영어밖에 없었다
불어
독어
하나둘 사라지고
끝내 영어밖에 없었다

21세기 한국은 영어의 한국이다 오, 캘리포니아 코리아나

초상집 마당에서
간드러지는
술집 거리에서

취하라

순 쌍년쌍놈만이 조국이다 달동네 멍멍이만이 모국어
이다

# 스무살

오, 젖비린내 자옥한 그 방에서 다시 울고 싶습니다

내 조국에서는
아기가 태어나자마자
벌써 한살입니다

다른 나라에서는
아기가 태어난 지
일년 뒤에야
한살입니다

내 조국에서는
아기가 태어나기 전
어머니 몸 안에 계실 때부터
이 세상을 온전히 시작하고 계십니다

몇살이냐구요?
내 나이 스무살입니다

다른 나라에서는
아직 열아홉입니다

서해 낙조 다음날
동해 총석정 해가 떠올랐습니다
내 나이 열아홉살
내 조국에서는 스무살입니다

지금 이라크 바스라에서는
열화우라늄탄이 퍼붓고 있습니다
눈썹 진한
스무살 처녀가 될
두살짜리 아이가 죽었습니다
열아홉살 총각일
한살짜리 갓난이가 죽어가고 있습니다

나는 떨리는 스무살입니다

# 아뢰옵기

이것저것
무턱대고 놓아버렸습니다
서산 마애불로 실컷 닳았습니다
경주 남산
마애불로 남았습니다

삼가 비나 바람으로
벗 삼았습니다

저 골짝 달빛으로 달빛울음으로
임 삼았습니다

오늘이 몇천번이나 가버린 내일입니다

화순 운주
마애불로 꾸역꾸역 일어납니다
일어나
남은 이승 한나절 살아가고 살아옵니다

제2부

# 하산

천년 뒤
나는 누구로 올까
천오백년 뒤
너는 누구로 올까
이런 질문이 시시하게 따라왔느니라

백두 천지 위

떠오른 해
지는 달 함께 있었느니라

울었느니라
내리막길
아기 자운꽃 두엇
거기 있어
함께 울었느니라

천오백년 뒤
그때까지 우리가 썼던 말들
아득히 이어가
무엇을 노래할까
무엇을 밤새워 이야기할까

이런 시시하지 않은 질문의 대답이
눈뜨고 따라왔느니라
이제
내려가거라
내려가
거기 어리숙굿 살아가거라

어느새 백두는 삼지연 물 위의 백두였느니라

# 소백산에서

칼바람 친다
아직 죽을 수 없다

내려가자
내려가
술잔에 메아리쳐 술을 붓자

# 나에게 눈물이 없다

저 60년대 후반의 어느날
나는 가람일기를 읽었다

날마다
날마다
날이 날마다
오전 몇시 대변 보다
오전 몇시 몇분 대변 보다
대변 보다
대변 보다를 읽었다
읽으면서 울었다
그 삶의 끄트머리 따라가며 울었다

다음날 저녁 밤거리 골목 술집에 가서
내가 울었던 것을 후회하며
가람일기를 혐오하고
나를 혐오하였다

그뒤 다른 일로 몇번인가를 흐득흐득 울었다

이제 나에게 울음이 없다
날마다 바빌로니아인들이 죽어가는데

저 봉천동 윗말 할머니 여생에는
식은 연탄재뿐인데
두만강 숫처녀가 갈보가 되는데
팔레스타인 아이들이
허리에 폭탄 매고 달려가는데
서울역 지하도 노숙자가
신문지 덮고 뻐극뻐극 앓고 있는데

아, 이 세상에 더이상 눈물이 없다
실컷 울고 난
푸른 하늘이 없다

그 많은 푸른 하늘의 신들 다 죽어버렸다

나에게 눈물이 없다 눈물의 피가 없다
이 캄캄 벼랑 어이 건너갈거나

# 비애

1천 2백여년 동안이나 막고굴(莫高窟)의 잠 늘어지게
자고 있다가
세상에 깨어났다
혜초의 왕오천축국전 그것
왕오천축국전 속
혜초의 시 두어 편 그것

아득하구나

시방 나에게는 한 백년쯤 실컷 잠들 시 한 편 없다

아득하구나

# 지난여름 어느날

시인 김용락이하고
대구 교보서점 뒷골목
무뚝뚝한 술집에 갔다
이렇게 불쑥 들어갈 곳이
이 세상에 있다니

시시껄렁한 이야기도 점점 참다웠다

소주 몇병
두 사람의 몸속에 부어넣었다
이렇게
불쑥불쑥 넣을 곳이
이 세상에 있다니

두 사람의 이야기 뚝 끊겼다

어찌나 좋던지

# 경복궁

나는 경복궁에 갔다
내가 서 있는 땅속 어느 놈의 늑골 도막이 기억하고
있다

1954년 봄
1959년 가을
1959년 겨울
1962년 여름
1969년 봄
1971년 여름
1989년 여름
1991년 여름

2003년 2월 20일
나는 경복궁 경회루에 갔다

경복궁은 나의 한계이다

거기서부터

벌써 우주의 나비들이 희끗희끗 나타났다

# 오끼나와

태풍 속의 집들 강하다
닫힌 문
닫힌 입
닫힌 노여움

결국 바다는 지고 또 진다

# 갈망

온갖 허울 바람에 날리는 영광들의 한 생애 얼룩졌다
번뇌들
맹신들
다 두고
여기 왔다

서해 저녁 밀물 앞에서 한동안 나는 올데갈데없다

# 나리분지에서

고시(古詩)의 운
오언 칠언의 운
향가의 운
백성민요의 운
시조의 운
사설시조 혹은 타령의 운
신시
김안서의 운
그리고 내재율 따위
이것들을 작파해버리고
이곳에 열길쯤 처박혔다가
잊혀진 듯
잊혀진 듯
돋아나는 눈 속
파란 무릇 새싹 좀 봐라
새 운율 좀 봐라 열두 갈비 시리어라

동해 복판 울릉도 나리분지

뭍것들
뭍것들 통 모르게시리
뭍것들
그 낯짝들
꿩 구워먹어
다 잊어버리고 나서
여기 그냥 피고 지는 것들 언저리
아직 남은 필사적인 몇마디로
하나나 둘 절로 나오는

밤중
깜깜 하늘의 피
별들의 피 받아
지는 것 놔두고
이슥히 젓대 불어 나오는
그제야 가만히 와 있는 새 운율 좀 봐라

# 밤비 소리

천년 전 나는 너였고
천년 후 너는 나이리라 어김없으리라

이렇게 두 귀머거리로

너와 나
함께 귀 기울인다

밤비 소리

# 하루

간밤 꿈속에서 최치원을 보았습니다 초췌했습니다
오전 아홉시 지나서야
아침밥상 앞에 앉았습니다
우유에 곡식가루 탄 것 먹고
요구르트에 식초를 타서 후루룩 마셨습니다
마당 잔디가 우북우북 자라났습니다
오늘도 이스라엘 군대가 레바논 남부를 공격했습니다
그곳 아이들이 많이 죽었습니다
미국은 껌 씹으며 팔짱끼고 있을 따름입니다
천년 전의 말 너는 나이고 나는 너라는 말이
괜히 떠올라서 싫었습니다
어쩌면 참은 짧고
거짓은 무지무지하게 깁니다
『지리산』일곱 권을 다 읽었습니다 자꾸 건너뛰었습니다
엉터리였습니다
주어보다 술어가 내 세계입니다
아내는 이층에서

녀석에게 보낼 편지 쓰고

웰즈의 글을 번역하고 있습니다

늦은 점심 식탁에서

아내는 아름다움에 너무 사로잡힌 웰즈를 좀 탓하였습
니다

정도상과 그밖의 몇군데서

간단간단한 전화가 왔습니다

나는 차보다 물을 더 좋아합니다

언젠가 스나이더 가로되

커피보다 녹차를

녹차보단 맹물을 더 위로 친다 하였습니다

저녁 논길을 사람 둘과 개 세 마리가 돌았습니다

벼가 곧 패기 시작하려 합니다

이메일로 내 시가 실린 『뉴요커』를

곧 부쳐보낸다고 알려왔습니다

그간 사십육일간의 장마 뒤

온통 세상은 파렴치한 녹색뿐이고

하늘은 겹겹 뭉게구름 근육으로 차 있습니다
누가 빚쟁이이고 누가 빚진 놈인지 모르겠습니다
오늘 하루가 벌써 내일에 닿아 있습니다
없던 초승달 한조각이 차츰 또렷해집니다
깊은 산속 절의 누런 종소리와
저 읍내 교회 바쁜 종소리 아예 필요없습니다
집 가까이 오다가
왼발 뒤꿈치가 삐끗했습니다
비로소 개들의 숨결과 내 숨결이 일치되었습니다
오늘밤 책은 그만두고
텔레비전도 그만두고
내 온몸 가운데서 귀나 하나 열어두고
저세상의 밤벌레 소리를 받아들이렵니다
하루입니다 다시 오지 않을 하루입니다

# 독백

방금 개새끼 여섯 마리가 태어났다

게리 스나이더의 행복!
'나'라는 주어 없이
시가 된다
그 시 한 편 외에는
또 '나'라는 주어들이 징그럽게 늘어붙는다

내가 속삭인다
생명은 주어가 아니다 술어다라고
누구한테
맞아죽기라도 할까보아
더럭 겁내어
내 인조고막 내이(內耳)에 대고 소곤소곤 속삭여준다

그러는 동안
세상의 뭇 술어들이 여기로 오고 있다

졸졸 개울물소리
처녀가슴 속으로 오고 있다 설레어라 설레어라

# 풍경 울다


봄비 앞
어린 이파리
봄비 뒤
어린 이파리


그 어리디어린 이파리 숨진
차 한잔이
여기 와 있군


나 또한
울긋불긋 팔만사천 번뇌 두고
여기 와 있군


제법 둘이 하나 되고 하나가 둘이 되어 와 있군


웬일인가
바람 한점 없이도

댕그랑

풍경소리 와 있군 울고 있군

# 2008년 3월

여기저기 세모 네모진 목적들
각져 쌓여 있구나
어찌 내 옷 좌우 호주머니도
이놈의 목적 파편들로
구멍 숭 뚫리지 않을쏘냐

바람아 바람에 조금도 바쁘지 않은
니네들 몇송이 바람꽃들아

오늘 저녁은 엊저녁보다
한결 더 어둑어둑신하구나

# 길이길이 다하지 않을 당신들이시여


두루미시여
삼천년 내내
할아버지의 할아버지셨던
할머니의 할머니셨던
재두루미시여
당신께오서
여기
내려앉으시어
또 당신께오서
날아오르시어
이 세상의 어린 나를 훨훨 길러내셨나이다

저 천오백년 은행나무시여
당신께오서
이 나라의 나라의 나라
오롯이 이어내려
가을밤 만등 밝히시니

밤 지새도록 즈문 넋들 춤추며
이 세상의 서러운 나그네
그 누구도
그 누구도 품안에 맞아들이셨나이다

오, 삼천리 강산 비단강산
오, 삼천리 강산
방방곡곡
꽃 피어나
눈부신 날들

이곳에서 가신 삶과 오실 삶 더불어
더덩실 더덩실
소매춤 버선코춤
누리 가득히 추어 눈부셨나이다

오, 눈보라 속 소백 주목 군락이시여

저 아래 아랫뫼 장수하늘소이시여

고래 노니는 암벽그림이시여

하늘 밑

구비치는 물길이시여

길이길이 다하지 않을 당신들이시여 다시 오실 당신들
이시여

# 아침

떠올랐것다
그 언젠가는 반드시 사라져버릴
해가
그런 줄도 모르고
오늘도
천동설(天動說)의 그것으로
떡하니
칠현산 허리에 떠올랐것다

부재가 과거의 실재이기보다
실재가 미래의 부재인가 으흐흐흐

그 햇빛이
일억오천만 킬로미터의 저켠에서
어디로 가는 줄도 모르고
허위단숨 와

우리집 마당
제멋대로인 살구나무 가지들 사이를 경유
내 문맹의 가슴 메리야스를 뚫고
네대여섯 대 갈비뼈한테 두근반 세근반 와 있것다

방금 나는 휴대전화를 받는다
아이고 자네로군
가톨릭 김승훈 자네의 혼령이로군

저승의 세모시 목소리는 햇빛이 아니라
수묵(水墨) 달빛이로군

또 보세

# 선술집

기원전 이천년쯤의 수메르 서사시 '길가메시'에는
주인공께서
불사의 비결을 찾아나서서
사자를 맨손으로 때려잡고
하늘에서 내려온
터무니없는 황소도 때려잡고
땅끝까지 가고 갔는데

그 땅끝에
하필이면 선술집 하나 있다니!

그 선술집 주모 씨두리 가라사대

손님 술이나 한잔 드서라오
비결은 무슨 비결
술이나 한잔 더 드시굴랑은 돌아가서라오

정작 그 땅끝에서
바다는 아령칙하게 시작하고 있었다

어쩌냐

# 요하네스버그

올해 하반쯤
남아공 요하네스버그에 갈 터
며칠 동안 머뭇거리며
아프리칸스어 몇마디도 배워볼 터

어제 박종철 20주기의 날
나는 추모식에 가지 않고
집에서 손을 다쳤다
겨우겨우 손이나 다쳤다

요하네스버그나
그 저쪽
희망봉이나
바스코 다 가마나
시인 카몽이스나
아니
27년간 갇혔던 섬의 옥방에서 나오자마자

늘 빙긋이 웃는 만델라나
나의 벗 브라이튼 브라이튼 바흐나

이런 것들이 아니라
그 요하네스버그 흑인구역의 아침
널조각 변소 하나에
이어지는 대기행렬 그 이백십 미터의 기다림이 지금
내 뒤통수에 와 있다

어즈버 내 오줌 내 똥의 뻔뻔한 슬픔 어이하나

# 꽃이 피었다

쾌청이다 구름 한점 필요없다
일만오천 미터 상공
이쯤에서
폭탄을 내려주었다
폭탄을 내려주었다
이어서
폭탄을 내려주었다
그것들이 작열하는
지상의 아비규환은 전혀 모른다

아이의 울음소리도
아이 엄마의 몇토막 난
피범벅 주검 조각도 모른다

모든 기도가 망해버린
사원 건물 밑
살려달라

살려달라
그 무능한 절규도 모른다

바빌로니아는 없다

작전 성공의 암호 '꽃은 피었다'를 타전했다
홱 기수를 돌렸다

리처드 반스 소령은
제인 오버도퍼의 늘씬한 두 다리를 생각했다
하늘 속에 꽃이 피었다
휘파람이 나왔다

# 울란바타르의 처음

늦은 열이렛달이 떴다
모든 오만들아
어서 고개 숙여라
세상은 한 생애의 나 하나로 끝나지 않는다

어젯밤
무릉*이 아기를 낳았다
아기의 첫 울음소리
뒤이어
멀리서 늑대가 따라 울었다

밖은 텅 비었고
안은 텅 차 있다

얼마나 지쳐 눈부시는가
열이렛날 밤
아기 엄마의 두 유방이 두둥실 떴다

# 학

금방 두 날개 접으시고
내려앉은 학이시여
임이시여

만번이나 고상하셔라

무슨 헛소리이신가
이 물속
참붕어 한 마리
오로지 그 한 마리
그야말로 학수고대로 노리시어라

# 울란바타르의 마음

상형문자로 돌아가고 싶다
나의 문명
이대로는 안되겠다
왜 세상은 날이 날마다 1, 2, 3, 4 따위 값을 먹이는가
자고 나면
왜 값이 올라가는가
왜 세상은
너도 나도
얼마짜리인가
왜 얼마짜리로
여기저기 팔려가는가
왜 얼마짜리로
미쳐버리는가 미쳐 날뛰는가
아, 공짜배기 내 고향 어디로 가버렸는가

그동안 어설픈 거리 오락가락 살아온 서푼짜리의 나
이제 무일푼의 나로 돌아가

감히
여기 몽골 테 질레 풀밭쯤 여기 근원쯤
차라리
차라리
차라리
닭으로부터
아니 달걀로부터 시작하고 싶다

나의 치*여
나의 타*여
한마디 말 아무짝에도 쓸모없고
한줄의 글 쪼아버리고
달걀 속
흰자위 노른자위의 첫날밤
그 순벙어리
그 고향 어디로 가버렸는가

왜 나는 지금 얼마짜리로 얼마짜리로 목을 매고 있는가

* 몽골어로 '치'는 너, '타'는 당신을 뜻한다.

# 울란바타르 밖에서

산들이 마음껏 비탈져 왔다
벌써 그늘이
울고 간 호수만하다 시퍼렇다
바라지 마라
바라지 마라
다 없는 것이 다 있는 것이라고

저쪽으로
사람 하나가
말 타고 간다
그 앞에
소와 송아지가 간다

뒤따르는 개가 있다
다리 하나가 없어
세 발이 기우뚱거린다

사람과 말과 소와 개

이렇게 넷이다
아니 산 너머 울안에 넣어둔
양 마흔네 마리와
염소 일곱 마리가 있으니
네 짐승이 아니라
여섯 짐승
이렇게 여섯이면
무슨 나라가 꼭 여기 있어야겠느냐

오늘따라 들까마귀 울음소리가 높이 솟아올랐다
이렇게 일곱 짐승이면 된다
여기에 무슨 나라가 없어지지 않고
아직도 남아 떵떵거리느냐

아니

보이지 않으나
파리가 소등에 납작 엎드려 앉아 있으리라
말엉덩이나
말갈기에 기웃거리며 함께 가리라
아니
다 보이지 않으나
그 몸속 뭇 벌레들도 함께 살고
몸 안팎 뭇 넋들도 함께 가리라


이렇게
수많은 짐승이면
여기에
무슨 저승이 서쪽으로 서쪽으로 십만팔천리 가서
거기 죽치고 기다리고 있겠느냐


곧 밤이 오리라
새끼양 한놈이 죽으리라

무슨 오뇌 있겠느냐
무슨 사상이 있겠느냐

있어야 할 것들 있다가 없는 것이라고
어느 시러베아들 놈이 지껄여대느냐

# 나는 칠보시(七步詩)를 쓰지 않으리라

일곱 걸음 걷는 동안
시 한 편 나오지 않으면
네 목을 치리라던
그 사천왕 같은 깡패 두목 앞에서
나는 일곱 걸음 걷는 동안
시 한 편 짓지 않고
아나 여기 있다 하고
그냥 내 목을 내어주리라
어서 치라고
어서 쳐
내 잘린 목 떨어져나가
떼굴떼굴 굴러가리라

그런 뒤
세상에는 별 까닭도 없이 뜬소문의 시 한 편 흉흉히 떠
돌아다니리라

# 최근의 메타

여기
더덕꽃
꽃봉오리 맺는다

저기
달맞이꽃
선잠 뒤
꽃봉오리 맺는다

왜 나는 이런 곳을 영영 못 떠나는 홀아비 나비인가

# 귀국

지금 어디쯤 가고 있을까
우랄을 지났을까

저쪽 가운데 자리에서
갓난아기 울고 있다

지금 일만 미터 상공
아기의 울음소리를 듣고도
나는
이 세상의 절반 대중 깨닫지 못하고 있다

다시 잠을 청하나 잠이 오지 않는다 잠든 얼굴들을 돌
아보았다

# 최근의 심경

최근 나는 새삼 구전문학을 숭상해 마지않네
만년의 구전
백만년의 구전
그 할멈의 할멈 이야기
그 할아범의 이야기
그 이야기의 아득한 세월을 숭상한다네

침묵 운운 그 따위를
함부로 내 앞에 내세우지 말게
말라르메의 백지
내세우지 말게

이야기 없이
시시한 이야기 없이
어찌 너이고
어찌 너의 내일모레이겠나

몽골에 가뵈었더니
입에서 입으로
귀에서 귀로 전해오는 이야기
아홉 날 아홉 밤 지나서야
겨우 끝날까 말까 하더군

어찌 그뿐이겠나

몽골에서는
술자리 앉자마자
술잔에 술 채우자마자
노래가 바로 이어지더군
그 노래 주고받기로
하룻밤도 모자라더군

실로 길고 긴 날들의 어제와 오늘과 내일 모레가
이야기로

이야기로 이어지고
노래와 노래로 이어지다가
문 열자마자
시뻘건 먼동 터오르더군

다음날 아침 다 쓰러져 잠든
게르 안
겨우 불씨만 호젓이 남아
말똥난로 헤헤 식어버려도
아직껏 잠결 꿈결
시쁘디시쁜 노래의 자취 주고받더군

거기 가 살아보지 않겠나 자네

# 일

나에게 일이 있다
이백의 만고수(萬古愁)
그대와 함께 쫓아내는 것

나에게 일이 있다
고대로 갈수록 국제사인데
고대에서 올수록 국내사이다

다시 고대로 돌아가
여기가 아니라
여기와 저기
저기와 여기
그대와 함께 떠오르는 것

나의 천고한(千古恨)
그대와 함께 내버리는 것

오늘밤 발바닥까지 취하자꾸나 그대와 나

제3부

# 귀국 직후

미국 가면
미국 KKK 노인들은
미국 기독교 근본주의를 내걸고
미국 청년들은
미국 헌법에서
'신'이라는 낱말
'결혼'이라는 낱말을 삭제하자고 외친다

한국에 오면
한국의 밤은
온통 시뻘건 십자가 숲
어쩌다가
조계종 포교당도
덩달아 시뻘건 만(卍)자를 내세우고 있다

서울 강남 폭탄주
밤마다

시뻘건 네온싸인 숲

여기가 어디일까

# 신순남

어느날 스탈린은 조명희를 일본 스파이로 몰아 죽였다
어느날 스탈린은
극동 연해주
붙박이 고려인들을
완행열차 화차에 실어
강제이주를 시켜버렸다
달리는 차 안에서
송장을 던져버렸다
열흘도
보름도 달리는 차 안에서
죽은 송장 아바이를 던져버려야 했다
그렇게 가서
아무것도 없는 허허벌판에 내려졌다

너희들 카레이스키
여기서 살아라
여기서 살든지 뒈지든지 하라

하고
빈 열차는 돌아가버렸다
그 시작도 끝도 없는 곳 알마아타에서

울다가
울다가
움을 짓고
밭을 만들고
논을 만들고
나라 없는 고려인들의 삶과 죽음을 만들어냈다

1세와 2세 3세로 이어지며
흐루시초프
브레즈네프
고르바초프
그리고
옐친에 이르기까지

고려인 아낙의 머릿수건이
내 모진 어머니였다

신순남

피 같은 물감으로
넋 같은 붓으로
그리고 그리고 그려서
고려인 서사벽화 남겨놓았다

오늘밤 그대에게
그대가 그린
고려인 여러분에게
한방울 눈물 맺힌 내 무능으로
삼가 절 몇자루 올리나니

신순남 신위 남쪽나라 참이슬 한잔 부어 올리나니 흠
향하소서

# 달래 4대

우리집 개 세 마리 중의 한 마리가 달래이다
달래라는 이름은
몇년 전 김형균이 지었다
달래 어미의 어릴 적부터 달래이니
지금은
달래 4대

그간 몇번 떠돌이 개한테
물어뜯겨
죽을 고비를 넘기고도
살아나
살아나
새끼 낳으니
처음에는 여덟 마리 낳아
몇마리 죽고
이번에는 여섯 마리 낳아
두 마리 살았다

내가 사람이고

달래가 개인 것

이것이

나를 견딜 수 없게 한다

그래서

앞으로 한 십년쯤

내가 달래가 되고

달래가

고은이 되는 꿈을 와장창 꾼다


요컨대 이 지옥 천당으로서의 나 말고

다른 무엇 되고 싶은 것

아니

달래가 되고 싶은 것


허나 달래는

추호도 고은이 되고 싶어하지 않는다 꼬리친다
이런 달래의 삶 속에 들어가고 싶은 것

어림없구나

# 목단꽃 진다

김영랑은 모란꽃이라 하고
화투(花鬪)와 나는
그냥 목단꽃이라 한다

목단꽃 진다

나 어디로 떠나든지 말든지 해야겠구나

나 어디로 떠나
후삼국시대
후신라이다가
후백제이다가
후고구려이던 시대

그 난세 중의 난세의 한 틈서리에서
어디로 갈 줄 모르고
엉엉 울든지
울다가

말든지 해야겠구나

아니다

저 남녘 바다
숨넘어간 수평선 위
거기 집 한 채 지어
두둥실
달 떠오르며
아기 하나 낳든지 해야겠구나

달 뜨고
목단꽃 진다
나는 골백번이나 뜨거운 자궁의 계집이 되어 보채야겠
구나

목단꽃 진다
아기 하나 낳아야겠구나

# 후배에게

국가는 섬세할 수 없단다 국가는 그냥 왈패란다
그럴수록 문학은 섬세해야 한단다
자네 문학이
행여나
떠밀리고 떠밀려
변방 읍내 호프집에 처박히게 될지라도
낙담 말게


더더욱 외따로 고개 저어 섬세하고 섬세할 노릇일세


장차 그 섬세함의 장관이라니

# 솜구름

새벽 악몽이었네 좀 유치했네

대가리 잘려나간
수탉 한 녀석이
피칠갑으로
이리
저리
저리
이리
내달리는 것
내달리다
부딪혀
자빠지는 것
자빠졌다가
일어나
또 내달리는 것 보았네
내가 소리쳤으나

소리가 나오지 않았네
소리가 나오지 않다가 깨어났네
38번 국도로 새벽 차들 지나가는 소리를 들었네

나 오늘도
어디로 가는지 모르고
그냥 내달리는
대가리 없는 하루가 아닐 터인가
나뿐 아니라
나의 세상이
그렇게
피칠갑으로 내달리는 것 아닐 터인가

옛 지혜들이
근대의 관념들이
나의 세상에 끝내 무엇일 터인가

자네는
오천 미터 상공의 솜구름쯤에서
이런 나와
나의 세상을 아련히 아련히 내려다보고만 있을 터인가

하기사 자네도 거기 소위 하늘나라라는 데서 그냥 내
달리는 것 아닐 터인가

# 등산

64년 전 고향 할미산에 올라갔다 나는 열살이었다
도마뱀도 놀라고
나도 놀랐다 내 머리빡 흉터도 번쩍 놀랐다
멀리 비행장에서
쌍엽비행기가 떴다
그 비행장 너머로
처음으로
바다를 보았다

그뒤로 고향 떠나
무등산
월출산
대둔산
백운산
소백산 비로봉
내장산
가야산

오대산
팔공산
영축산
금정산을 올라갔다
북한산 도봉을 올라갔다

44년 전 강화 마니산에 올라가
하룻밤 덜덜 떨며
두 길 중
한 길을 시작했다
종교냐
문학이냐

35년 전 한라산에 올라갔다
온통 바다였다
34년 전 한라산에 올라갔다
30년 전 설악산 대청봉

20년 전 지리산 천왕봉에 올라갔다
백무동으로 내려왔다
15년 전
중앙 히말라야
카일라스산 6천 3백 미터쯤 올라갔다 나는 반송장이었다
체중 11킬로그램이 빠져버렸다
원고지 백장이
원고지 열장으로 팍 줄어들었다
10년 전 장백산에 올라갔다
7년 전 백두산 장군봉에 올라갔다
2년 전 또 백두산에 올라갔다
뜨는 해 지는 달이
하늘에 함께 있었다
내려오며
북의 작가 몰래 울었다


내가 오른 산꼭대기들은 아무것도 가지지 않고 텅 비

어 있었다
　단 한마디도 없었다
　괜히 나만
　무엇무엇무엇을 잔뜩 가지려 하고 있었다


　나의 탐욕이 아니라면
　나 또한 텅 비어 있을 것이다
　부끄럽구나
　우리집에 걸려 있는 내 옷들의 텅 빈 주머니들이
　아니 백화점 오층
　양복들의 텅 빈 주머니들이
　나의 내일일 것인가 아닐 것인가

# 수니온

그리스 수니온
그 민둥산
포세이돈 신전은
이천년 내내
폐허 그대로였다
이 세상에서 오직 폐허만이 영원하다

그 폐허 아래
갈매기가 앉았다가 곧 날아올랐다

그 캄캄한 바다도 폐허였다 자꾸 누군가가 빠져죽었다
폐허의 잔치였다

# 알마아타

불행이 나라였다
불행이 겨레였다

알마아타

이곳이 그이들이 살아남았던 곳
살아남아
울었던 곳

피눈물은 말이 아니라 삶이었다

이곳이 그이들이
피눈물로
울었던 곳

불행이 한핏줄이었다
불행이 한세상이었다

죽어가는 아버지를
아버지
아버지 하고 불렀다

그 아버지의 제사 지내며
아들이
어느새 아버지가 되었다

지금부터 70년 전
50년 전
30년 전
이런 세월 옥수수밭에서
오도 가도 못하고 그이들이
피눈물로 울었던 곳

그 울음들이
영하 몇십도의 얼음이 된 곳

알마아타

이곳은 우리들의 안
이곳은 우리들의 밖

70년 뒤

우리들은 울려고 왔다
울음바다
울음썰물에 떠내려가려고 왔다
울음산 밑 일어서는 울음언덕에 기대려고 왔다
알마아타

이곳은 우리 겨레의 울음밭이다
이곳은 우리 겨레의 울음터이다

# 산수유꽃

지리산 치맛자락
구례 산동
구례 산동 계천마을
산수유마을
아직 봄이 아닌데
산수유꽃 사태졌네

60년 전
여순사태 그때
14연대 반란군이
지리산으로
지리산으로 들어갔는데
그 빨치산들에게
밥해주었다고
밥해줄지 모른다고
마을 남정네 데려다 죽이고
아낙들 죽이고

다 불질러버린 빈 마을 잿더미에
에라잇 에라잇
산수유나 심어버렸네

아직 봄이 아닌데
뒤덮여 산수유꽃
소경같이
귀머거리같이
반벙어리같이 힝힝힝힝 피어났네

전라선 낮차 이등실 타고 가며
아름다운 마을이라 신선의 거처라 누가 말하네 그렇기
도 하겠네

# 앙코르와트

어디쯤인가?

캄보디아
바람 잔 마을
지뢰 밟아
다리 하나 잃은 아이
눈동자 고요하였다

그 아이에게 물었다
이름이 무어냐고

라이라 하였다

그 아이에게 물었다
네 희망이 무어냐고

그 아이가 좀 크게 대답하였다

남은 한쪽 다리 잃지 않는 거라고

앙코르와트 어디쯤인가?
옛날의 짝 잃은 수코끼리 울음 어디쯤인가?

# 회상

가을 크다
가을은 올 시간보다 가버린 시간이 더 크다
아가
아가
이 탐진치의 나 또한
옛날 옛적에는 신생아의 잠 배내웃음 사뭇 웃었더니라
이뻤더니라

# 자각

잇었다
새벽 꿈속
시 한수 와 있다가
꿈 깨이자
천리 밖으로 갔다
굳이 돌아오기를 바라지 않는다

가서
세상의 티끌이거라 나의 시라는 것들 다 남의 핏줄이
니라
돌아오지 마라

# 어느날의 확인사살

감자꽃같이
너는 있었지

밤에는
잠 못 이루는
박꽃같이
너는 피어 있었지

아, 바다 포효 속 거기
너는
알 밴 갈치같이
그 바다에서 잡혀나와 있었지
꼬리부터 숨차다가 팔딱이다가 죽어갔지

오늘 묻는다

나는 어디에 있지?

가버린 두 이데올로기에? 갈보집에? 뜬구름에?

아무 데도 확인사살할 곳 없다
나는 어디에 있지?

# 흰 쥐

분홍빛 발이 신 올라 떨고 있다

너는 그동안의 실험으로
암에 걸린 것이 밝혀졌다
너는 그동안의 몇차례 실험으로
동맥경화에 걸린 것이 밝혀졌다
틀림없다

오늘 너는 단 한번의 실험으로
분홍빛 다리가 끝내 신 내려 굳어졌다

그러나 침착한 교수의 실험은 끝날 줄 모른다

오늘 네 옆의 유리상자 안에서
아직 살아 있는 네 친구를 두고
너는 조용히 시체가 되었다

나도 네 상자 밖에서 시체가 되어가고 있다

# 꽃보다 먼저

아기 노루귀꽃 아직 멀었니?
산수유 열흘 굵은 가지
너 산수유꽃도 아직 멀었니?

손 시려라
손 시려라

지금 어린 날벌레 한 녀석이 먼저 큰 봄을 가지고 오시
누나

# 어떤 신세타령

흰 구름이 뒷걸음질 뚝 멈추었습니다
수동이 누나
머리 가르마 위
나비 오는
그 누나
시집간 지 사흘 뒤
신행길 친정에 왔습니다
초록저고리 다홍치마 입고
재 넘어서 왔습니다
멍멍이도 나도 짖을 줄 모르고 얼어붙었습니다
눈부셔
얼어붙었습니다
온 마을이 눈 번쩍 떠
얼어붙었습니다
아휴, 저 새각시 보아

문맹률 90퍼센트의 그 시절

나는 수동이와 함께

망건 쓴 훈장의

그 군둥내 고린내 나는 방에서

뫼산자 내천자를 배웠습니다

큰비에 산 한쪽이 무너지고 냇둑이 터졌습니다

여러 사람이 나오는 논어를 배우다 말았습니다

공자는 까다로운 나의 할아버지 같았습니다

나는 머슴 대길이 아재로부터

밤마다 장화홍련전의 언문을 몰래 배웠습니다

어떤 별은

마마 앓다가 죽은 두살배기 아우였습니다

그런 다음

교실 네 칸의 학교에 가 카따까나 히라가나로 공부하
였습니다

일본처녀 나까무라 요네 선생님은 아름다웠습니다

대낮 열두시에는 천황폐하가 사는 쪽으로 향해서 요배
(遙拜)를 하였습니다

그런 것도 모르고 송아지가 음매 하고 울었습니다
해방의 날이 강도처럼 왔습니다
너도 나도 강도가 되어 날뛰었습니다
언문을 국문이라 하였습니다
국문 아는 아이는
초등학교 삼학년 아이들 가운데
나 하나밖에 없었습니다
그 국문이 내 운명의 시작인 줄을 미처 몰랐습니다
강도가 아니라 거지인 내 운명 말입니다

전쟁 삼년의 피바람이 몰아쳤습니다
살아 있는 것과
죽어가는 것
이 둘뿐이었습니다
삶은 죽음의 이쪽
죽음은 삶의 저쪽이었습니다
그 누더기 시절

양키부대 타자수 김설자가 바바리코트를 입었습니다
새빨간 입술 속
눈부신 흰 이빨이 쪼르르 나왔습니다
누가 감히 휘파람을 불었습니다
그 폐허에서 나는 죽음을 입에 물고 다녔습니다

문맹률 75퍼센트의 그 시절
나는 덩달아 시인이 되어버렸습니다
가슴에 거멀못 박혀
내가 태어난 것이 내 뜻이 아니었듯이
꼼짝달싹 못하게
내가 시인으로 태어난 것이
오래된 내 뜻인 듯
여기저기서 구호물자 주는 저녁 예배당 종소리와
도벌 남벌 민둥산의 굽은 나무가
이따금 한 편의 시를 주면 달게 받아먹었습니다
전쟁

평화라는 낱말

부패

기아

천년 이어온 초가지붕들

이승만 독재의 부정선거 피아노표 올빼미표

그런 날들을 지나오며 극단과 극단의 일상이었습니다

이슥한 달빛에도

숨을 칼날들이 엇갈려 있었습니다


문맹률 0퍼센트의 시절

지난날의 폐허에서 시작한 내 시의 엉터리는

벌써 50년이 되어갑니다

내 또래들 남북의 절반이 죽고

나는 술집 탁자 위에서 자다가 떨어졌습니다

어느날 밤 내 또래의 귀신들 몇이 나에게 물었습니다

너 시인이냐?

나는 비겁하게 그리고 진지하게 부인하였습니다

아니라고
아니라고

내가 진짜 시인이라면
세상의 한 모서리가 왜 이 지경이겠느냐고

아니라고
아니라고

# 무제

1500년 전
약탈한 모든 것 어느덧 국보가 되더군

150년 전
그 시절의 장물도 슬그머니 가보가 되더군
이제까지
남도
남도
슬그머니 내가 되더군

그러므로
본디 나라는 것 도무지 없더군

이것
저것
오래된 그것이
곧 나였더군

너는 내 과거이고
나는 네 미래이더군
이승 쓸쓸하군
그간 내 최대의 실패는
내가 남이 되어본 적이 없다는 것
죽어라고
나는 나만이었다는 것

아, 제 온몸 던져 거미줄 치는
거미의 저승
거기 가서야
나는
생전 처음으로
남이 되더군

행여나 임이신가 그 임이 되더군

# 어느 시론(詩論)


허망하구나
가갸거겨부터 시이다
아니
가갸거겨 이전부터
시이다
시의 절정인 문맹 아니 무지 아니 무

내일 무기수 호송길
길 떠나기 전 눈썹이나 뽑아버리고 가거라

허망하구나
이제껏
부지기수의 시를 써온 죄로
너는 무기수가 되어버렸구나

오늘도 가갸거겨의 무기수 감방에서
하루를 중얼중얼 보냈구나

취침나팔
잠들어라
가갸거겨도 잠들어라


밤 비바람아 너도 잠들어라

# 여수(旅愁)


남은 생 갇힌 탑방에서 마쳐야 할 시인
횔덜린
그가 말했다
시인은 제비처럼
자유롭다라고

산타 마리아 교회의 지붕에는
새끼제비들이 있고
부지런히 어미제비들이 드나들었다
정작 주일 교회 안에는
겨우 백발들 몇이 있다
이탈리아 파르마의 유월
파르마의 공중은
온통 수만 마리
제비들의 춤판이었다
저녁 낙조 속
제비들의 춤판이었다

돌아왔다

경기도 안성 대림동산의 이른 아침

가까스로 한 마리의 제비가 장마 하늘에 있다

아슬아슬하다

아슬아슬하게 다행이다

# 티끌에 대하여

한톨의 티끌이 기억한다
그 누구의 삶으로도
대신할 수 없는
나의 삶을

한방울의 물이 꿈꾼다
그 웅덩이로
그 바닷가 명사십리
끝나지 않을
나의 삶을

오늘도 하루가 꽉 저문다
내 자유여
한톨의 티끌
한방울의 물로 돌아가더라도
이 세계 이후의 세계 아직 찾지 마라

# 개밥 주면서

달래야
오월아

날 저물었구나 이명박이 취임했구나

달래야
네 새끼 오월이가
네가 에미인 줄 모르더라
네가 암내 내면
그놈이
궁둥이 마구 올라타더라

날 저물었구나 노무현이 귀향했구나

너 또한
새끼 낳았을 때
그놈의 오줌 똥 다 먹으며

행여나 어찌될세라 어찌될세라

애지중지 기르더니

어느날부터

소 닭 보듯

닭 소 보듯 남남이더라

더는 네 새끼 아니고 그냥 심심파적 수컷이더라


날 흐리구나 카우보이 부시가 떠나리라


얼마나 좋으냐

너는

몇달 전 새끼인 줄 모르고

네 새끼는

몇달 전 에미인 줄 모르더라


　날 맑구나 푸친이 대통령 마치고 그것으로 배고파 실
권총리 되더라

정정당당하구나
더도 덜도 말고 어느 한 짐승은
0.5초의 기억만으로 살아가더라
그보다는 못할망정
몇달 지나
제 새끼인 것 잊어버리고
제 에미인 것 잊어버리는
그 현재
그 무애


기억이란 얼마나 남루하냐
천년이나 백년 얼마나 치사하냐


오월아 달래야 얼마나 좋으냐
네 자유에 경배하고 싶어라

# 삼방도

원나라 임인발(任仁發)의 그림 삼방도(三龐圖)는 썩 괜찮
은 동화이기도 하군
　늙은이 그림이
　어린이 그림이 되고 마는군

　그림 속
　방거사(龐居士) 봉두난발 멋져
　그의 마누라
　짧은 소매
　구질구질한 예절 따위 진작 팽개쳤어

　그네들 외동딸 영조(永朝) 좀 봐

　웬 대바구니
　웬 돈 몇푼이야
　정작 부모는 오늘 하루도
　어제하고 똑같이 표표한데

따님께서는
오로지 살림밑천 대바구니 만들다가
날 저물었어

일찍이 그 부자 노릇 내버리고 집 떠나
젊은 방거사 북의 석두(石頭) 찾아갔어
뭐라고 묻자
묻는 입 틀어막혔어

남으로 마조(馬祖)를 찾아갔어
뭐라고 묻자
저 강물 다 마시고 와
그때 대답해주마 하고
딴전이었어

그렇게 오락가락하다 아예 스승 따위 떠나버렸어

스승이란 건 잠깐 쉬어가는 주막일 따름
그런 스승 제사나 지내는 것들 가장 불쌍할 따름

떠난 방거사
혼자 놀다가 마누라 만나
함께 놀다가
외동딸 얻어
함께 놀다가

시절인연 끝 떠날 날 왔어
그러자 딸 영조에게
정오를 알려달라 당부했어
딸이 말하기를
일식이니
어서 나와보셔요 했어

아버지 방거사가 마당에 나와

일식 구경하는데
딸이 그사이 방에 들어가
아버지 대신 먼저 세상 떠났어
한동안 멎은 숨
다시 살아나지 않았어

그뒤 마누라가
지아비 대신 먼저 세상 떠났어

남은 홀아비 방거사가
앞산 소나무더러 중얼거리기를
나도 곧 갈 테니
너희들도 다른 놈하고 바람소리 내며 잘 놀아라

# 그 속삭임

비가 오다
책상 앞에 앉다
책상이 가만히 말하다
나는 일찍이 꽃이었고 잎이었다 줄기였다
나는 사막 저쪽 오아시스까지 뻗어간
땅속의 긴 뿌리였다

책상 위의 쇠토막이 말하다
나는 달밤에 혼자 울부짖는 늑대의 목젖이었다

비가 그치다
밖으로 나가다
흠뻑 젖은 풀이 나에게 말하다
나는 일찍이 너희들의 희로애락이었다
너희들의 삶이었고 노래였다
너희들의 꿈속이었다

이제 내가 말하다
책상에게
쇠에게
흙에게
나는 일찍이 너였다 너였다 너였다
지금 나는 너이고 너이다

# 한점 부끄러움

푸르러
푸르러
푸르러
이 일겁 푸른 하늘 불치(不治)의 울음 아래
어찌 한점 부끄러움이 없겠느냐

숙연히 한점 부끄러움이여 내 누이여

그토록 잎새 나부끼는 날들
단 하루도
너 없이 살지 못하는
하고많은 날들
매양 부끄러운 날들로 여기까지 오지 않았느냐

오, 이 세상의 푸른 하늘과 나와 부끄러움과
그 언제까지나
이 지독하디지독한 숨결로
하나 아니냐

# 어느 소리 평생

신새벽 꿈이었더이다
초록저고리 다홍치마 길 나서는데
어이 이다지
서러운 꿈이었던가
꿈속
가슴 에이듯
어이 이다지
아픈 꿈이었던가
어느 봉두난발 나그네
귀신형용
정처없는 나그네
호올로 떠나가던 꿈이었더이다
호올로 떠나
애 끊이게
가슴 에이게 서러운 소리 부르는 나그네
그 하염없는 꿈이었더이다

아니,

그 나그네 누구시던고?

아니

아니

그 나그네가 바로 내 아버지이셨더이다

생전 춘향전 십장가(十杖歌) 한고비 넘기며

펑펑 피 쏟으셨던 젊은 날의 내 아버님이셨더이다


아버지이!

아버지이!

아버지이!

이렇게 목놓아 불러도 내 목 꽉 막혀

한마디 소리도 나올 수 없었더이다

멀어져가는 아버지 뒷모습 쫓아가고 싶었으나

두 발이 땅에 늘어붙어 꼼짝달싹할 수 없었더이다

아버지이!

아버지이!

소리 나오지 않아도 마구 벙어리로
불러댔더이다
불러대다가
소스라쳐 깨어나니
꿈이었더이다
서러운 꿈이었더이다
아픈 꿈이었더이다
영영 만나지 못할 아버지의 꿈이었더이다
꿈 깨고 나서도
그냥 누운 채 흐득흐득 몸 비틀어 울었더이다

신새벽 지나
새벽달이 남아 울더이다
새벽달
그믐 가까운 달 창가에 걸려 있더이다
아버지이! 아버지이! 어머니이!

소리로 태어났더이다
소리아비
소리어미 사이
소리의 딸로 태어났더이다
소리 평생
소리의 떠돌이 혼백이었더이다

파도소리 등져
쑥대밭머리
저 멀리 아득한 산천 품 잠겨
싸리꽃
찔레꽃 흐드러지는
남도소리의 땅에서 자라나는 동안
소리밖에 없더이다

푸른 하늘이면 으레 흰 구름
새도 울고

나도 울어
소리밖에 아무것도 없더이다
세상천지 믿을 것 소리밖에 없고
머리에 이어 받들 것도 소리밖에 없더이다
아버지이!

지난날 아버지는 소리꾼이셨더이다
흥부전 배우러 오는 제자들
신발 스무 켤레 서른 켤레
문지방 아래 가득하였더이다

그런 소리집 마당에서 봉선화 꽃잎 따다가 말고
아버지 제자들 메운 방 안으로 들어가
흥부전 품 팔러 가는 대목
툭 터진 목청으로 뽑아내어 불러보았더이다

놀라웠더이다

놀라웠더이다
아버지는 한숨 내쉬며
어느새 나의 길을 네가 가고 있구나
이 험한 길 고생길
네가 또 가고 있구나

마침내 나이 열한살로 소리의 길 나섰더이다
소리아비 소리어미 핏줄을 이어
소리의 길 나섰더이다

소리에 미쳐야 한다
소리에 빠져야 한다
모든 것 다 물리치고
소리에 파묻혀야 한다
이런 아버지의 가르침으로
새벽 네시에 일어나
밤 열한시에 잠들기까지

소리의 하루하루로 세월이 뭉텅져 흘러갔더이다
그러다가 열여섯살에
소리의 첫 스승 아버지가 세상을 떠나셨더이다
아버지이!

아버지 목에서 피가 나왔듯이
핏덩이 쏟아내며
소리의 스승 찾아 떠났더이다
장월중선, 김춘섭, 박봉술 등 그런 명창들을 찾아가
소리를 갈고
소리를 닦았습니다
그러다가 판소리 스승 김소희 전수제자가 되어
핏줄어미 대신
소리어미 섬겨
소리스승 섬겨
내 소리 저녁노을에 듬뿍 물들었더이다

오는 청산이여
가는 백운이여
이내 소리 들어보소
산전수전
어느 모퉁이 돋아났던 풀
어느 모퉁이 잠겼던 물
다 살아나는
이내 소리 한번 들어보소

여기저기 소리판 소리잔치 소리마당
여러 소리상도 받았더이다
또한 소리연극 동참하여
소리가 노래이자 이야기였더이다
북소리가 내 소리 부르고
내 소리가 북소리를 부르더이다

저문 마을 지나며

이내 소리 들어보소
달 밝은 밤
이내 사랑가 들어보소
이 겨레 청천의 소리
이 겨레 산천의 소리
이 겨레 만백성 살아온
피어린
눈물어린 소리 들어보소

한바탕 꿈이었더이다 봄꿈이더이다

제4부

# 풍경 1

지붕들이 폭우 속에서 필사적으로 빗발쳐 치솟고 있다
어제 죽은 사람이
살아나
감았던 눈 펑 떴다

빗발 꽂혀
썰물 개펄이 눈떴다

만국의 귀신들아 아무 말 마라

# 풍경 2

내일 저 익산 미륵산 넘어갈
네가
어떻게 내 동무인가

오늘 만경강 앞에서
아무런 설움도 없이 서 있는 내가
어떻게
네 동무인가

살아온 날들이 속고 속아
저 서해 수평선을 그어주었다
거기나 가고저
만냥 빚지고
몰래 배 저어
거기나 가고저

# 심청

바다로 나아가리야
첫 몸
열두 폭 치마 뒤집어쓰고
바다로 나아가리야

바다로 나아가리야
한 송이 연꽃 소곳이
다시 오는 날
바다로 나아가리야

온 세상 모르고 눈뜬 바다 첫머리로 나아가리야

# 달밤

천오백년 전의 오늘밤이면 된다

그 누구네 애끓이는 피리소리에
가는 달 홀려
이 지상에 귀 기울이고
실컷 귀 기울이고 가더라

어느덧 그 피리소리 멎고 달도 무척이나 기울었더라

세상의 적과 적 아무 데도 없더라

# 사랑에 대하여

칸첸중가 혹은 에베레스트에는
사랑 따위 없소 필요없소
그 천년 빙벽에
그 천년 폭풍만 있어야 하오

팔천 미터 아래
나지막이
거기 어느 골짝에 사랑 있소
거기 오래 묵어
쉰내 나는 사랑 있소

물이 사랑에 주려
아래로만 흘러가고 있소
허나
저 아래 바다
거기에는 사랑 없소 전혀 필요없소

높지 말 것
넓지 말 것

사랑은 첫째 작고 시시할 것 바람벽에 홑적삼 걸릴 것

대자대비 아니오 박애 아니오 그저 사랑은 무명 맹목
의 그 사랑이오

# 귀가

여보
풍경은 그저 풍경이 아니더군
한 생애더군
누구의
울음이고 또 꽃덤불 속 가시에 찔려 아픈 웃음인 생애더군

여보
풍경은 그저 풍경이 아니더군
한 정신이더군
어느 시대 세워주고 돌아선
키 큰 횅한 지지리 못난 정신이더군

여보
당신과 나 또한 저 모퉁이 돌아서서 그런 풍경 언저리 어김없이 머물더군

# 유골상자

군대 쫄병으로 보초 섰다
괴뢰군에게
베트콩에게 픽! 기습당했다
군대 쫄병으로
죽어
유골상자로 제대했다

이놈저놈 섞어버린 유골상자 속
누릿한 뼛가루로 제대했다
어머니는 사흘 낮밤의 땅바닥 쳤다

국립묘지 안장
그 이름 밝힐 것 없이 밤이 왔다

# 이른 봄

아가
아가
얼음 밑 개울아

버들눈 떠 봄이란다 이제 나 원없이 떠나련다

# 죽음을 보며

오랜 두려움 끝
이제 두렵지 않다
오전의 하늘에 없던 구름이 슬쩍 와 있다
구름 밑
산이 간다
산 밑
산그늘이 간다
그동안 내가 나에게 목숨 바쳤다

정말이지
죽음은 남이 아니다 아니구말구

# 삭막

통 울음소리 들리지 않누나
이 거리
이 거리 뒷골목
붉은 댕기 같은 울음소리 어디에도 들리지 않누나

입 다문 쇠북으로도 북으로도
암소 잃은 황소의 먹먹한 벙어리로도
몇만년 울어온 그 울음소리 역대(歷代) 이제 들리지 않
누나

열엿새 달 불쑥 올라
이 커다란 달밤 억울하여라

내 울음
내 흐느낌의 송사리떼 어디 가서 끝내 오지 않누나

# 밤길

철철철 넘치는 장숫재 달빛이시여
누구를 위하심이뇨 아니뇨

아무도 묻지 않으니
나라도 지지리 못나 물어보거니와
휘영청 달빛이시여

당신의 묵묵부답이 오히려 꽝 닫힌 문 공짜로 열어주
심이여

# 빈 논

대야 회현

빈 들판 지나면서

나는 어느 누구도 아니다

온몸 몸살로

나는 나이다

강 건너

김제 만경

텅 빈 하늘 밑

들판 지나면서

비로소 나는 어느 누구도 아니다

겨울이면

터질 독 한 개씩 있어야겠다

어린 모들

옹알옹알 자라던 곳

허수아비가 허수아비를 부르던 곳

다 내버려진 땅으로 얼어 있어야겠다

빈 논
여기야말로
나는 나이다


대야 회현 지나면서
기쁨보다 슬픔이 얼마나 좋으냐 아니 그러냐

# 구름의 기술

너희들은 참으로 열심이다
도랑물 좀 보아
냇물 좀 보아
저기 저 성천강 바쁜 강물 좀 보아
참으로 열심이다

고개 드니
저 구름 좀 보아
또 일어나고
또 일어난다
동으로 몰려가다가
그 이튿날은 서으로 몰려가다가
한동안 뚝 멈춰
아래 세상 지그시 내려보다가
어느날은 아예
푸른 하늘 텅 빈 거기 그냥 두고 홀쩍 가버리누나

네 여생 더도 말고
구름만 같거라
네 내생
저 구름 밑 지상의 흐름만 같거라

# 자정 무렵

그동안 희로애락 하나하나 버들잎 삼아 지나왔다
좀더 가야
하룻밤 쉴 곳에 다다르겠다

귀때기 사립 쫑긋거리지 말고 닫아두어라

어둑발에
뒤처진 나 말고
누가 오겠나

행여 선사시대의 누가 오겠나

# 테베에서

여기 이집트어로
홍해 건너
여기 아랍어로
젊은이는 늙은젊은이이지
가까운은 먼가까운이지
안은 밖안이지 안팎이지

그렇게 여든이나 스물이나 뭐나
함께
나일강 홍수에 떠내려오지
떠내려와
죽어야 하지
아니 살아죽어야 하지
죽어살지

그래서 고왕조 소년 파라오가 미라 사천세나 처먹었지
어휴 이 늙은젊은이

# 호소

울고 난 뒤에도 사라지지 않누나

뒈져라
뒈져라
얻어맞고 난 뒤에도
이 욱신욱신 쑤셔대는 몸으로도
내버려지지 않누나

사흘 굶고
겨우 무청 국물 먹고 난 뒤에도
앞산 보며
영영 잊혀지지 않누나

돌이켜보면 백년 억압에도 묻혀버리지 않누나

말 몇마디 이것

바다 낙조야

이 지긋지긋한 것 어리석은 부등깃 같은 것 말 몇마디 이것

나 죽기 전에 어쩔 수 없구나

# 어젯밤 꿈

정전이다
가로등이 꺼졌다
집집마다
아파트마다 남은 불 꺼졌다
새벽 세시쯤인가
천만명이 잠들었다 그 어둠 가운데
몇십명이 문풍지 울며 깨어 있었다

하늘의 자미성이 한층 환해졌다

다음날
58층 주상복합들
100층 고층들
13층
5층 집들 무너졌다

진도 8도

이 폐허에서
도봉 수락이 하늘가에 우뚝 서 살아남았다
때마침
살아남은 누구의 뱃속 아기가 나오려 하고 있다

꿈 깨었다 내 몸 잿더미 속이었다

# 그 노래

1956년 오월
강원도 정선
하루에 한번 가는 버스 타고 가는 정선
비행기재
기어이 고물딱지 버스가 고장나버렸다

저 아래 신록이 하루 내내 불쌍하다

사람들 남루가 도리어 떳떳하여
누군가가
노래를 불렀다
누군가가 따라 불렀다

슬픈 군가

화랑 담배 연기 속에 사라진 전우야 어쩌구

연달아 다른 노래로 이어졌다

양양한 앞길을 바라볼 때에
혈관에 파도치는 어쩌구

한나절 지나서야 다시 버스가 살아났다
불꺼진 정선에 이르렀다 다 흩어졌다

혼자가 되어
나도 가만히 노래를 불러보았다

이 몸이 죽어서 나라가 선다면

여인숙에 들어가
내 검정 고무신
가는 새끼로 동여맨 것을 풀었다
내 발이 풀려나 눈떴다 감았다

# 잠시

이 바람
오끼나와를 지나왔다
그곳
거짓부렁이 한 개 모르는
성난 사내 냄새도 난다
그곳
죽고 죽어
제 어미 보지 속으로 돌아가는
그 저승의 어둠 냄새도 비릿비릿 난다

전지전능은
오직 거기서 여기까지이리라

이 바람
오끼나와를 지나왔다
오끼나와 데이지꽃을 흔들고 건너와
오늘은 남한 안성의 박태기꽃들을 흔들어준다

머리 숙여 이 바람손님 잠시 맞아들여라

벌써 저만큼 떠난다


떠나 북한 중강진 거기 가 늦철쭉꽃 마구 골려대며 흔
들어주리라

# 전도몽상(顚到夢想)

반야심경 풍으로

근대 백년 이대로는 안된다
하늘은 늘 하늘이었다
앞은 늘 앞이고
위는 늘 위였다 어른은 늘 썩은 어른이었다

오늘 구룡호 뱃머리로
하늘이 곤두박질쳐

온통 바다가 높게높게 치솟아
하늘시늉 좋구나
섬들이 하늘 속에
주렁주렁 열렸구나 좋구나
나 또한 물구나무로
다른 나를 결연히 내려와 보고 있구나 썩 좋구나

# 적거(謫居)


자, 외계의 시대가 왔다
G8의 시대 뒤
G9의 시대가 왔다
아직 후진국의 나
들어앉아
내가 나에게
편지나 쓸까
반딧불 놓고
내가 흘러가버린 나에게
편지나 쓸까
어디 앉을 데 없이 물가 맴도는 나에게
편지나 쓸까


일만오천 통의 편지를 쓴 라이프니츠라도 흉내내볼까


그대야
프리드리히 대왕도 있고

왕후도 있고
공작부인
선(選)제후 왕비
선제후 공주도 있으나 나에게는 지금 나밖에 없어

이만 통의 편지를 쓴
볼테르를 따라가볼까
이만 통의 편지를 받은 놈들이 있었으나
지금 백수건달의 나에게는 나밖에 없다

일찍이 독수리를 뜻했으나
연줄 끊긴 연이 되고 만 나
신천옹을 꿈꾸었으나
털 빠진 늙은 갈매기가 되고 만 나

아니야
봄이 와도
나갈 줄 모르는

바위굴 속 곰아비인 나
전남 신안 무심도 귀양살이인 나
나에게는
이 패잔의
나밖에 없다

자,
위리안치로 들어앉아
밤 희끗희끗 눈발 빌려
내가 나에게
편지나 쓸까 세한도나 그릴까

아니아니
편지 속에서 선봉문예를 할까
편지 속에서 몽롱문예를 할까
편지 속에서
외로운 하방문예를 할까 말까

# 그 연인에게

춘천 소양호 기슭
둘이 물가에 앉아 있다
일촌광음(一寸光陰)이 이르더라
이제 들어가거라
들어가
아기 하나 배어라

아기 하나 낳아라
아기 하나 잃어라
애끓이어라
다시 낳아라

이제 떠나가거라
이승은 너무 작고 저승은 너무 크단다
떠나가
큰 고장 여러 나라 뭇 죽음으로 살아보거라

여기서도 삶은 삶죽음 아니냐 죽음은 죽음삶 아니더냐

# 베를린

베를린은 누워버릴 수 없는 성찰이다
폐허로부터
다시 서서
베를린은 기어이 성찰이다
장벽으로부터
다시 서서
이 프로이센의 성찰 오백년 뒤의 관념이다

# 세월론

청천백일
차라리 망각이 무죄이다

세월이 왜곡한다
세월이 아니라
세월의 박테리아들이
아작아작 왜곡한다

세월이 변질시킨다
세월이 아니라
세월의 어느 시러베아들놈들이 변질시킨다

세월이 과장한다
세월이 아니라
세월의 각처 기득권들이 과장한다

공자도 없는 공자
공자도 아닌 공자뿐이다 숫제 공귀자(孔鬼子)뿐이다

# 여생

감히 고백하건대
저는 안이 아닙니다
밖입니다
저는 이 나라 안의 고아가 아닙니다
무한 밖의 미아입니다

그렇습니다
그렇습니다

무한

이 무한가능 하염없는 백지 없이는
저의 여생 하루도 한나절도 숨막혀 살 수 없습니다
탐욕이 아닙니다
허욕이 아닙니다
절절히 현실 뒤켠 아스라이 백척 낭떠러지입니다

# 설렁탕

얼마 만인가
1960년대 나림 이병주의 애인이 살던
하왕십리 쪽으로 발걸음을 했습니다
통금 뒤
무지무지하게 취한 나머지
무논에 빠져 철벅철벅 허우적댄 곳이었습니다
그 무논이야
아직 남아 있을 턱이 없겠지만
아직 허름한 집들
다닥다닥 다닥여 있었습니다
골목 어귀 식당에 들어가
설렁탕을 시켰습니다
저쪽 구석자리
등 굽은 아버지와 아들이
설렁탕 한 그릇을
빈 그릇 시켜서
두 그릇으로 나누어먹고 있었습니다

나는 울컥 슬픔 따위 없이
내 설렁탕을 먹고 나왔습니다
바야흐로 2007년 곧 겨울이 올 늦가을이고
나림은 진작 고인입니다

# 한 충고

시들이
그 이상의 시를 막는다
시들이
그 이후의 시를 막는다

시야 시야 파랑시야

시의 연혁
시의 패션
시의 권위 백년 가까스로 벗어나

그대의 시 벌벌 떨며 막 태어나 혼자이거라

# 불기(不羈)의 역정 반세기

염무웅

*

　시인으로서 반세기의 역정을 꽉 채운 고은 선생의 지난날을 돌아보는 사람치고 경이의 찬탄을 발하지 않을 이가 없을 것이다. 무엇보다 그의 오십년은 우리 문학사상 일찍이 아무도 밟아보지 못한 낯선 오십년이다. 요절과 조로(早老)의 식민지 유습에 대해서는 이제 입을 다물어도 되겠지만, 젊은 날의 열정과 긴장을 그 쌓여가는 연륜의 무게에 걸맞게 지켜나가는 시인을 찾는 것은 여전히 쉽지 않은 일이기 때문이다. 그런데 다들 아는 바와 같이 고은 시인은 자기 세계를 지키는 데서 더 나아가, 마치 우주의 무한팽창을 연상케 하는 불가해한 역동성과 놀라운 추진력으로 거듭하여 새로운 넓이와 깊이를 얻고 있는 것이다. 끝을 모르고 샘솟는 이 에너지의 원천은 어디이고, 문학사상 초유의 이 고은 현상을 우리는 어떻게 보아야 하는가. 문단생활 초기의 어느 산문에서 그는 선(禪)의 '불립문자'와 문학과의 관계에 대해 이렇게 적은 바 있다.

선에서 고정된 것은 죽은 것이다. 문자로써 표현했을 때의 그 문자는 죽은 것이다. 그러나 고정된 문자가 표현하는 생(生)의 내용은 죽은 것이 아니다. 그것은 생의 유동(流動)을 의미한다. 여기서 선과 문학이 맺어지는 것이라 믿는다. 문자에 불관언(不關焉)하는 역대 선사들도 다 시로 그들의 도(道)를 이루지 않았던가, 언어도단 되는 경애(境涯)를 언어로 창조하는 의미로 표현하지 않았던가.(인용자가 몇자 가필 수정함)
　　—「詩의 思春期」(『한국전후문제시집』, 신구문화사 1961)

이 산문의 끝부분에서 그는 종교 때문에 시를 버리지는 않겠지만, 시를 위해 종교를 버리지도 않을 것이라고 언명하고 있다. 환속을 겨우 일년 앞둔 싯점에서 나온 발언이라고 믿기 어려울 만큼 그의 불교는 확고해 보인다. 그러나 돌이켜보건대 그에게 진정 중요한 것은 시를 통해서건 종교를 통해서건 삶의 살아 있는 내용에 도달하는 것이지, 일정한 외피를 유지하는 것은 아니었다. 그에게 있어 고정된 것은 죽은 것이며, 문자로 정착된다는 것은 약동하는 진리에서 멀어지는 것을 의미한다. 왜냐하면 살아 있음의 담보는 체계나 관념 같은 정지의 형식이 아니라 탄생-출발-전복-저항 같은 운동의 형식에서 구해지는 것이기 때문이다. 그러나 그럼에도 불구하고 문자로 표현되는 "생의 내용은 죽은 것이 아니다." 그러므로 그의 시인으로서의 일생은, 비록 앞의 약속과 달리 미구에 승복을 벗기는 했으나, 언어를 통해 언어도단의 경지를 성취하고자 하는 하나의 구도행(求道行)의 일생이라 해석할 수 있다. 그렇게 본다면 그는 본질적인 차원에서는 결코 종교를 버린 것이 아니다. 그로부터 오랜 세월이 지난 후 그는 선시(禪詩)에 관한 질문을 받고 다음과 같이 대답하는데, 그것은 앞의 「시의 사춘기」에서 언급한 내용과 놀랄 만큼 긴밀한 연관성을 보여준다.

시에는 어느 시든 그 안에 선적인 요소가 들어 있습니다. (…) 시는 원래 선적인 것입니다. 언어를 극소화

하거나 언어의 법칙성으로부터 해방되는 새로운 세계입니다. 그렇다면 굳이 선시니 하고 판별할 까닭도 없어요. (…) 언어문자와 비문자 사이에서 나는 탕아입니다. 그리고 선 자체가 화엄경 세계의 대체계에 대한 민중적·재야적인 저항으로 생긴 수행의 영역입니다.

— 「고은 시인과의 대화: 그의 문학과 삶」

(신경림·백낙청 엮음 『고은 문학의 세계』, 창작과비평사 1993)

선과 마찬가지로 시는 언어의 고정성·법칙성을 초월하여 자유의 영역을 추구하는 해방적 활동이다. 사물은 문자언어의 경직된 구조 속으로 진입하는 순간 본래의 생명성을 잃고 형해화하기 시작한다. 그러므로 시인은 언어라고 하는 자신의 유일한, 그러나 목적배반적인 수단을 독특한 방식으로 사용하지 않을 수 없다. 강물을 건너고 나면 뗏목을 버려야 하듯 그는 언어를 통해 사물을 포획하는 작업을 끝없이 계속하면서, 그와 동시에 포획의 순간에 벌써 텅 빈 기호로 굳어져가는 자신의 언어로부터 끊임없이 떠나야 한다. "언어문자와 비문자 사이에서 나는 탕아입니다"라는 고백은 이런 역설적 상황의 토로일 것이다. 그런 점에서 누구나 지적하는 고은 시의 양적 방대성은 반세기에 걸쳐 지속된 언어와의, 또는 언어의 불완전성과의 불굴의 투쟁의 소산이다.

　그러나 그의 창작활동에서 전광석화와 같은 선적인 번뜩임, 일종의 천재성의 발현만 보는 것은 일면적이다. 고은에 관한 일반인들의 선입견과 달리 그는 적어도 글에 관한 일에서는 자수성가한 사업가처럼 성실하고 근면하다. 그의 수많은 저서 자체가 초인적인 부지런함의 증거이지만, 실은 글쓰기에서뿐만 아니라 책읽기에서도 그는 드문 독지가임을 알 수 있다. 시에서나 산문에서나 동서고금을 넘나드는 그의 거침없는 박람강기(博覽强記)는 오히려 독자를 핍박하는 수가 적지 않은 것이다. 앞의 좌담에서 그는 자신의 글쓰기 자세에 관련하여 이렇게 말하고 있다. “무릇 예술가에게는 혁명가적인 오만이 있습니다. (…) 그런 오만이 나에게 없으란 법이 없지요. 그런데 그것이 겉으로 곧장 드러나서는 안되지요. 전시대에는 그게 드러나기 쉽게 작가 혹은 예술가가 사회적으로 단순했지요. 나는 이 점에 유의하기도 하지만 작가에게 이것에 선행되어야 할 것이 근면이라 생각합니다.” 여기서 혁명가적 오만이란 말을 문자주의적으로 해석할 필요는 없겠지만, 그것을 시인적 사명감의 앙양된 표현으로 읽는 것도 지나친 일은 아닐 것이다. 그런데 고은의 남다른 점은 예술가의 사명감이 구현되는 역사적·사회적 조건

에까지 시야를 넓히고 있다는 사실이다. 그리고 이때 그가 예술가에게 무엇보다 선행되어야 할 덕목으로 강조한 것이 재능이나 열정이 아닌 근면이라는 점은 전시대 문학사의 빈곤을 그가 통렬하게 투시하고 있다는 반증이다.

*

시집 『허공』은 고은 시인의 등단 50주년에 맞춰 출간된다는 점에서 기념비적 의의를 지닌 책이다. 그러나 그럴수록 더 놀라운 것은 반세기 동안 이룩한 거대한 업적에도 불구하고 그가 모든 기득권을 캄캄한 오유(烏有)의 심연으로 내던지려는 듯이 조금도 자기만족에 빠지지 않고 빈손 맨몸의 비타협적 정신을 견지하고 있다는 것이다. 이 시집에는 장시 내지 서사시를 제외한 고은 서정시의 여러 경향들이 두루 포함되어 있다. 하지만 무엇보다 우리를 괄목하게 만드는 것은 어떤 성격의 작품에나 그 바탕에는 시쓰기의 근원으로 돌아가 초심(初心)으로부터의 재출발을 결의하는 비장함 같은 것이 깔려 있다는 점이다.

물론 세월의 변화에 초연한 것은 아무것도 없으며, 고은의 시도 예외는 아니다. 따라서 초기시와 최근시를 비교해보면 고은 시인 특유의 어떤 일관된 요소, 가령 생략-비약-전도(顚倒) 같은 문체적 특징이라든가 틀에 얽매이지 않는 발상의 대담성 같은 것과 함께, 많은 차이점도 발견된다. 이전 시대와 비교하여 가장 현저한 차이는 그가 70년대 이후 치열한 실천활동을 거치면서 민족시인으로서의 넓은 역사적 시야와 사상적 깊이를 확보한 것이라 할 터인데, 그 점과 관련하여 다음 문장은 고은 문학관의 변모를 실감하기 위해 음미할 만한 대목이다. "나의 시는 나의 생활의 표현이 아니라 생의 은닉이라고 할 수 있다. (…) 시는 이 시간, 이 현실, 이 역사의 속박에서 '사라진' 형이상학이다."(「詩의 思春期」) 말하자면 나에게 있어 시는 생을 드러내는 수단이 아니라 생을 감추는 수단이다, 다시 말하면 시는 내 삶의 진술이 아니라 삶의 비유이며 암시이다, 시는 지금-이곳의 즉물성을 초월하는 형식, 즉 실재적인 것의 압박에서 제외된 언어의 형식이다,라고 그의 말을 풀이할 수 있는데, 그러나 이러한 의미의 심미주의가 단순히 현실에 대한 무책임한 태도만은 아니다. 어떤 역사적 조건에서는 은닉과 초월이 선택 가능한 최고의 현실주의일 수도 있고, 때로는 미학적 고립을 통해서만 오물적(汚物的) 현실에 저항할 수 있는 시대도 있다. 그러나 어떻든 주지하는 바와 같이 수십년 격

변의 시대를 통과하면서 고은의 문학은 역사의 속박에 기꺼이 자신을 헌납하지 않았던가. 그럼에도 불구하고 우리가 잊지 말아야 할 것은 그가 가장 격렬한 현실참여의 순간에도 그것과 상반된 초월적 계기 즉 침묵과 은닉의 기술을 내버린 적이 없다는 사실이다. 이제 몇몇 작품들을 살펴보자.

　1990년대 이후 잦아진 해외 나들이를 반영하여 시의 소재가 다양해진 것은 자연스럽다. 하지만 그는 단순한 관광객의 시선으로 낯선 풍물의 외면적 소묘에 그치는 이른바 기행시를 쓰는 데는 흥미가 없다. 그의 발길이 닿는 곳이 어디든 그곳은 자아와 세계에 대한 새로운 물음이 던져지고 그럼으로써 인식의 확장이 이루어지는 깨달음의 현장인 것이다.


　　운다

　　이 멸망 같은 인도양 복판을 벗어나며
　　지난 오십년을 운다

　　칠천 톤 참치배 뱃머리로 운다

엉엉 울음 끝
먼 마다가스카르 수평선을 본다


어느새
시뻘건 일몰
어서어서 앞과 뒤 캄캄하거라

—「인도양」 전문


어느 순간의 인상과 감정을 압축적으로 그린 소품이
다. 하지만 간단한 붓질 몇번으로 먼 망망대해의 정경이
날카롭게 부각됨을 알 수 있다. 화자는 지금 참치배 뱃머
리에 서서 지구 최후의 장면을 연상시키는 끝없는 바다
한복판을 지나 마다가스카르 쪽을 향하고 있다. 이 의지
할 곳 없는 상황은 그로 하여금 자신의 지난 오십년을 정
면으로 마주보게 만들고 그 오십년을 통곡하게 만든다.
이 시에서 '오십년을 우는' 것이 딱히 무엇을 가리키는지
합리적으로 따지는 것은 부질없는 노릇이다. 짐작건대
'엉엉 울음'이라는 전신투구적(全身投球的) 행동을 통해
몸과 마음의 커다란 자기정화가 일어나고 있을 것이다.
화자는 그런 울음 끝에 멀리 나타나는 수평선을 보면서
멸망으로부터의 회생의 기운을 예감하고, 이를 맞이하기

위해 앞과 뒤 좌표가 소실되는 암흑의 시간이 도래하기를 기원한다. 이렇게 본다면 이 시에서의 대낮–일몰–어둠의 시간적 경과는 그 나름으로 멸망–통곡–재생의 신화를 함축하고 있는지 모른다.

그리고 보면 이번 시집에는 출산과 신생의 이미지가 자주 등장한다.


　가을 크다
　가을은 올 시간보다 가버린 시간이 더 크다
　아가
　아가
　이 탐진치의 나 또한
　옛날 옛적에는 신생아의 잠 배내웃음 사뭇 웃었더니라
　이뻤더니라

—「회상」 전문


계절의 가을이 인생의 가을을 환기시키는 것은 자연스러운 일이다. 가버린 시간이 다가올 시간보다 더 크다고 느껴지는 그러한 계절에 회한의 감정에 사로잡히는 것 또한 이상한 일이 아니다. 돌아보면 동경과 열망에 가득

찼던 청춘의 광휘는 흔적도 없이 사라지고, 탐욕과 어리석음의 세월만 인생의 출발지점을 아득히 반사한다. '웃었더니라' '이뻤더니라'와 같은 의고적(擬古的) 영탄사는 회복불능의 상실감을 더욱 강화한다. 다음 작품에서는 출산의 묘사가 몽골의 야생적 자연에 대한 간결하고도 비유적인 암시와 결합되면서 생명의 존엄에 대한 찬미의 노래로 승화한다.

늦은 열이렛달이 떴다
모든 오만들아
어서 고개 숙여라
세상은 한 생애의 나 하나로 끝나지 않는다

어젯밤
무릉이 아기를 낳았다
아기의 첫 울음소리
뒤이어
멀리서 늑대가 따라 울었다

밖은 텅 비었고
안은 텅 차 있다

얼마나 지쳐 눈부시는가

열이렛날 밤

아기 엄마의 두 유방이 두둥실 떴다

           —「울란바타르의 처음」 전문

   인도양이 멸망의 정서를 체험케 하는 위기의 공간이라
면 몽골 벌판은 출산의 역사(役事)가 행해지는 생명의 장
소이다. 바다에서는 일몰이 지나면 캄캄한 어둠이 닥칠
뿐이지만, 초원에서는 그 시간에 열이렛달이 환히 비추
고 평화와 안식이 대지를 감싼다. 인도양을 지나며 화자
는 지난 반생을 스스로 울었지만, 몽골 초원에서는 아기
의 첫 울음을 듣고 거기 동조하듯 따라 우는 늑대의 소리
를 듣는 위치에 선다. "밖은 텅 비었고/안은 텅 차 있다"
는 구절은 아기가 태어난 게르 안의 충만감과 늑대 우는
벌판의 황량함의 절묘한 대비라고 할 수 있는데, 이 부분
은 그런 장면묘사의 기능을 한편 가지면서도 기계적 공
간분할의 평면성을 넘어선 선적(禪的) 은닉의 기술을 발
휘하고 있다. "아기 엄마의 두 유방이 두둥실 떴다"는 표
현은 기법상 초현실주의적이지만, 아기와 엄마와 늑대로
구성된 이 시의 자연공동체적 상상력 안에서는—마치

샤갈의 그림에서 보는 것과 같은 — 하늘에 뜬 달과 달빛에 드러난 엄마 젖가슴의 동화적(童話的) 맞바꾸기가 일어나고 있다. 이런 눈부시게 아름다운 장면을 배경에 둘 때 비로소 "모든 오만들아/어서 고개 숙여라/세상은 한 생애의 나 하나로 끝나지 않는다"는, 문명세상을 향한 질책과 생명의 영원성에 대한 깨달음은 진정한 설득력을 얻는다.

*

시인의 환갑을 맞아 기획된 『고은 문학의 세계』에 수록된 평론들이나 시인의 고희를 축하하기 위해 출간된 시선집 『어느 바람』(백낙청 외 엮음, 창작과비평사 2002)의 편자 발문이나 공통된 것은 주인공 고은의 감당하기 힘든 엄청난 생산성, 그 놀라운 에너지 분출에 대한 경탄이었다. 그로부터 적지 않은 세월이 지나 어느덧 만 75세를 넘긴 시인의 새 시집을 보면서 우리는 과거에 너무 일찍 감탄사를 발했음을 인정하게 되는데, 실은 지금의 이 경탄도 앞을 예상할 수 없는 세계에 대한 것이라는 점에서 여전히 불충분한 것이기 쉽다. 다시 말해 시집 『허공』을 읽어보면 고은 시인의 창조력의 절정기를 언제로 잡을지에 대해 더 오래 기다려야 함을 절감할 수 있다. 이전 시집들과 비교해보면 어떤 면에서 시인의 사명에 대한 그의 자각은 더 치열해지고, 사물과 언어를 결합하는 그의 솜씨는 더욱 능숙해져 있으며, 현실과 역사를 대하는 그의 자세도 훨씬 유연하고 원숙해졌다고 보이는 것이다. 「유혹」「허공에 쓴다」「라싸에서」「등산」「하산」「어떤 신세타령」「무제」「달래 4대」「개밥 주면서」 등 허다한 걸작들을 증거로 예시할 수 있는데, 그중 한두 편만 살펴보기로 하겠다.

　「라싸에서」는 티베트 여행을 소재로 한 작품이다. 화자는 해발 사천 미터 가까운 도시 라싸의 거리를 천천히 걷다가 흥겹게 모여드는 웬 거지들과 마주친다. 그 가운데 누런 이빨만 두어 개 남은 늙은 거지가 그에게 한마디 건넨다. "한푼 줍쇼/따위가 아니라 (…) 그런 시시껄렁한 구걸이 아니라/어렵쇼/어렵쇼/당신께서 가장 높으십니다". 여기까지는 평범한 도입부라고 할 만하다. 그러나 늙은 거지의 그 한마디로 말미암아 화자는 "내 어설픈 뜨내기 넋이/거기서 꽉 막혀/놀라 깨어나버렸습니다"라고 말한다. 예기치 않았던 큰 화두가 뒤통수를 치듯 그에게 던져진 것이다.

내가 온 곳

내가 갈 곳

저 사천 미터 아래의 우레 벼락 세상에서

누가 나더러

당신께서 가장 높으시다고

맨손으로 치켜세우겠습니까

이런 물음을 계기로 화자는 시의 본질과 시인의 임무에 관하여 근본적인 사색을 전개한다. 그리고 그것은 화자로 하여금 시력 오십년의 행장을 근원에서부터 돌아보고, 앞으로 남은 시의 길을 혼신의 힘을 다해 걸어가리라 다짐하게 만든다. 「라싸에서」의 다음 부분은 아마 고은의 문학 전체에서도 가장 감동적인 자기고백의 하나일 것이다.

생각건대 나 또한

거지 중의 상거지임에 틀림없습니다

시의 한구절을

시의 한구절과 한구절 사이의

빈 데를

그제도

그 이튿날에도 얻어보려고
안 나오는 젖 빨아대며
이 꼭지 저 꼭지 배고픈 아기 주둥이 파고들기를
마다하지 않았습니다

그러므로 이승의 어느 골짝
저승의 어느 기슭
아니
밑도 끝도 모르는 우주 무궁의
어느 가녘에 대고
한마디 말씀이여
한마디 말씀과 말씀 사이 지언이시여
애면글면 구걸해오기를
어언 오십년에 이르렀습니다

생각건대 시인으로서 고은의 준엄한 자세의 근원에는
무엇보다 지언(至言), 즉 언어의 극한을 추구하는 억제할
길 없는 갈증이 놓여 있다. "안 나오는 젖 빨아대며" "밑
도 끝도 모르는 우주 무궁의/어느 가녘에 대고" 같은 구
절은 그의 갈증의 생동하는 구체성, 그의 갈증의 무한한
크기를 반영한다. 그런데 주목할 것은 이와 같은 집요하

고 강렬한 추구에도 불구하고 그것이 일체의 초월적 내지 관념적 외부를 전제하고 있지 않다는 점이다. 한때 그가 승복을 입은 승려였음은 천하가 아는 사실이고, 어느 면에서 불교적 사유는 그에게 체질화되어 있다고 볼 수 있지만, 그러나 그것은— 진정한 종교가 마땅히 그러하듯—그에게 격식이나 규범 또는 이념이나 체계의 형태로 부정적 잔재를 남기지 않았다.

이로부터 내 어이없는 백지들 훨훨 날려보낸다
맨몸
맨넋으로 쓴다
허공에 쓴다


이로부터 내 문자들 버리고
허공에 소리친다
허공에 대고
설미쳐 날궂이한다


이로부터 내 속속들이 잡것들 다 묻는다
허공에 나가 춤춘다

오, 순수한 바깥이여

—「허공에 쓴다」 부분

시인은 "어이없는 백지들" "속속들이 잡것들" 다 내버리고 다시 헐벗은 거지가 되어 미친 듯이 허공에 대고, 즉 "밑도 끝도 모르는 우주 무궁"에 대고 무엇인가를 쓰겠다고 말한다. 무엇을 쓰는가. "모든 개념분석들/모든 논리실증주의들/모든 경험론들/모든 좌우 도그마들"(「유혹」)의 구속에서 벗어난 살아 있는 생명현상에 대하여 쓸 것이다. "모든 관념들의 오랏줄 사슬 차꼬"에서 풀려나 "온 마을 가득 암내가 진동"(같은 시)하는 환희의 유혹에 대하여 쓸 것이다. 암수가 서로를 끌어당기고 저희들끼리 합쳐서 꽃을 피우고 열매를 맺는 일은 그 자체가 배타적 존재성을 갖는 것이어서, 다른 외부적 초월자로부터 설명될 필요도 정당화되어야 할 이유도 갖지 않는다. 그렇기 때문에 그것은 인간적 해석 영역에서 벗어난 자유의 공간이며 '순수한 바깥'인 것이다. 그러나 막막한 허공을 향하여, 말하자면 기성의 종교적 관념이나 이념적 체계에 얽매임 없이, 그야말로 불기(不羈)의 자세로 글쓰기를 지속하는 것은 천길 벼랑 위를 빈손 맨몸으로 혼자 걷는 위험한 모험이다. 시적 창조 본연의 위험이 그렇

게 치명적인 것임을 지난 오십년 동안 쉬지 않고 실증해
온 시인이 고은 아니던가. 우리가 그의 내일에 눈을 뗄
수 없는 것도 그 사실을 알기 때문이다.

廉武雄 | 문학평론가

## ■
## 시인의 말

　군이 감회를 내세울 것도 없다. 오늘이라는 것이 어제와 내일 사이에 죽자 사자 있어주어서 여간 고맙지 않다.

　이를테면 이 시집은 그런 '오늘'일 것이다.

　이것은 한두 해 전의 시집 다음이다. 또한 한두 해 내지 몇해 뒤에 나올 시집의 앞이 이것이기도 하다.

　이렇게 살아왔고 이렇게 살고 이렇게 살아갈 것이므로 시는 곧 삶이라고 감히 말해본다.


　어디 떠도는 겨를에 나온 것도 있지만 대개 집에 머물러 있을 때 나온 것들이다. 태생도 난생도 습생도 아닌 화생(化生)이기 십상이었다. 정지상은 귀신과 함께 시를 썼다 하거니와 나는 이 세상 도처의 유무(有無)에 은혜를 입었다.

　내내 멧비둘기 우는 소리를 들으며 이것들이 나왔다.

다음 시집 이름을 '멧비둘기 울음소리를 들으면서'로 정해둔다.

　한국 근대시 일백년의 세월은 그 절반을 내 시의 세월로 삼고 있는 것을 묵인하지 않는다. 나는 그 일백년 혹은 그 이상의 세월을 허겁지겁 부여안고 있어야 하기 때문이다.

　내 여생의 숙주(宿主) 역시 변함없이 시이고 시와 시의 외부이다.

2008년 8월 1일 생일 아침<br>고은

창비시선 292

허공

초판 1쇄 발행/2008년 9월 10일
초판 11쇄 발행/2016년 11월 21일

지은이/고은
펴낸이/강일우
책임편집/박신규
펴낸곳/(주)창비
등록/1986년 8월 5일 제85호
주소/10881 경기도 파주시 회동길 184
전화/031-955-3333
팩시밀리/영업 031-955-3399 · 편집 031-955-3400
홈페이지/www.changbi.com
전자우편/lit@changbi.com

ⓒ 고은 2008
ISBN 978-89-364-2292-9 03810